二十首
情诗
和一首
绝望的歌

Veinte poemas
de amor y una
canción desesperada

[智利] 巴勃罗·聂鲁达 著

闫立 译

中国友谊出版公司

图书在版编目（CIP）数据

二十首情诗和一首绝望的歌 /（智）巴勃罗·聂鲁达著；闫立译. -- 北京：中国友谊出版公司, 2025.9.
ISBN 978-7-5057-5974-9

Ⅰ. I784.25

中国国家版本馆CIP数据核字第2024SJ9407号

书名	二十首情诗和一首绝望的歌
作者	[智] 巴勃罗·聂鲁达
译者	闫立
出版	中国友谊出版公司
发行	中国友谊出版公司
经销	新华书店
印刷	北京中科印刷有限公司
规格	787毫米×1092毫米　32开 6印张　65千字
版次	2025年9月第1版
印次	2025年9月第1次印刷
书号	ISBN 978-7-5057-5974-9
定价	59.00元
地址	北京市朝阳区西坝河南里17号楼
邮编	100028
电话	(010) 64678009

如发现图书质量问题，可联系换调。质量投诉电话：(010) 59799930-601

我的话语正逃离我黑暗的藏身处。
而一切的一切,都已被你填满。

　　　　　　——《为了使你听见我》

干净的女孩,烟与穗的疑问。
你是风用发亮的叶子造就的生灵。
　　　　　　　　——《几乎在天空外》

让我借你的沉默与你交谈,
它明亮如一盏灯,简单如一只指环。
　　　　　　　——《我喜欢你沉默的时候》

孤独一人。
有时清晨醒来,连我的灵魂都变得湿润。
海声在远处回荡着。
这是一个港口。
我在这里爱你。
　　　　　　——《我在这里爱你》

我爱你,像爱恋某些阴暗之物,
秘密地介于阴影和灵魂之间。
(第 17 首十四行诗)

我这迷茫的心，困顿在根须间，
　　无人将其收留，
那里寄居着不随我流浪的阴影。
　　（第 30 首十四行诗）

在深邃的孤寂中沉思，把灯光埋葬。
你是谁啊，你是谁？
　　　　　——《在深邃的孤寂中沉思、纠缠》

时光噼啪作响，如蜜蜂也如火焰，
绿色努力地沉浸在树叶之间，
再往高处是枝叶，
一个低语着的闪烁世界。
（第42首十四行诗）

爱情如此短暂,遗忘却如此漫长。
——《今夜我能写下最悲伤的诗》

毫无期待地前往一个地方，
却发现一切都是期待中的画面。
（第4首十四行诗）

Pablo Neruda

[智利] 巴勃罗·聂鲁达
1904—1973

当代著名诗人、外交家

中学时期的聂鲁达

巴勃罗·聂鲁达,原名内夫塔利·里卡多·雷耶斯·巴索阿尔托(Neftalí Ricardo Reyes Basoalto),1904年7月12日生于智利中部的帕拉尔城,父亲是铁路技师,母亲是小学教师。

1906年,母亲去世后,他迁居智利南部的特木科镇,在特木科读中学时开始写作。1917年7月,在特木科《晨报》发表题为《热情与恒心》的文章,署名内夫塔利·雷耶斯,这是他第一次发表作品。此后,他不断使用不同的笔名在首都和家乡的学生刊物上发表习作。

1920年起,正式使用巴勃罗·聂鲁达为笔名。次年3月,来到圣地亚哥,进入首都智利大学教育学院学习法语。不久,诗作《节日之歌》在智利学生联合会举办的文学竞赛中获得一等奖。1923年,第一本诗集《晚霞》出版,作品运用了超现实主义的写作手法。1924年,二十岁的聂鲁达出版诗集《二十首情诗和一首绝望的歌》,一举成名,成为杰出的年轻诗人。此后的两年间,陆续出版了诗集《奇男子的引力》、小说《居民及其希望》及散文《指环》。

1927年起,在外交界供职,先后任智利驻科伦坡(1928)、雅加达(1930)、新加坡(1931)领事。1930年12月,与荷兰裔瓜哇女子哈根娜结婚。

1932年,结束在东方的领事生涯,回到智利。次年,诗集《大地上的居所》在圣地亚哥出版。8月,担任布宜诺斯艾利斯领事。10月,结识西班牙诗人加西亚·洛尔卡。次年担任巴塞罗那领事,并结识了大他二十岁的卡莉尔——他的第二任妻子,两人至1943年于墨西

青年聂鲁达，照片上的签名是里卡多·雷耶斯

哥结婚。1935年担任驻马德里领事。在马德里期间，主办了前卫杂志《绿马诗刊》。

1936年6月，西班牙内战爆发。诗人洛尔卡遭暗杀，他写了一篇慷慨激昂的抗议书，坚定地站在西班牙人民一边，参加了保卫共和国的战斗。1937年，发表诗篇《西班牙在心中》。然后奔走于巴黎和拉美之间，呼吁各国人民声援西班牙人民的反法西斯斗争。

1939年3月，被任命为驻巴黎专门处理西班牙移民事务的领事，全力拯救集中营里的共和国战士，使数以千计的西班牙人来到拉丁美洲。反法西斯战争的洗礼改变了聂鲁达的诗风。

1940年8月，到墨西哥城就任总领事，并访问了美国、危地马拉、巴拿马、哥伦比亚、秘鲁等国家,写下许多著名的诗篇。在此期间,第二次世界大战战事正酣,苏联正与希特勒法西斯浴血奋战。聂鲁达到处演说,呼吁人们援助苏联的卫国战争。《献给斯大林格勒的情歌》和《献给斯大林格勒的新情歌》就是这个时期的作品。1943年11月,聂鲁达回到圣地亚哥。不久,他在黑岛买下了一处别墅,着手创作最重要的诗作《漫歌》。

1945年,获得智利国家文学奖,并当选为国会议员。1946年,智利共产党被宣布为非法组织,大批共产党人被投入监狱。聂鲁达不得不中止《漫歌》的创作。他的住宅被放火焚烧;他本人也遭到反动政府的通缉,从此被迫转入地下,继续从事创作。在此期间,他完成了《1948年纪事》和《漫歌》两部长诗的创作。

1949年2月离开智利,经阿根廷去苏联,并到巴黎参加世界和平大会。8月至墨西哥,养病期间遇到三年前在户

聂鲁达与艾青游览长江

外音乐会中初识的玛蒂尔德,两人开始秘密的恋情。

1951年暂居意大利,其间曾到中国访问。1952年8月,智利政府撤销对他的通缉令,人们以盛大的集会和游行欢迎他的归来。1953年,聂鲁达获斯大林国际和平奖。回国后过了几年比较安定的生活,完成了《元素的颂歌》(1954)、《元素的新颂歌》(1956)和《颂歌第三集》(1957)。

1955年,与第二任妻子卡莉尔离婚,并与玛蒂尔德搬进新的住所。

1957年,当选为智利作家协会主席,开始写作《一百首爱的十四行诗》——这是写给马蒂尔德的情诗集。次年,诗集《狂歌集》出版。此后,聂鲁达开始旅行,去了古巴和美国。1959年古巴革命胜利后,聂鲁达写了诗集《英雄事业的赞歌》,热情歌颂菲德尔·卡斯特罗领导的革命和社会变革。同年出版诗集《一百首爱的十四行诗》。

旅途中的聂鲁达

1971年,聂鲁达在诺贝尔文学奖颁奖典礼现场

聂鲁达获得诺贝尔文学奖后与妻子玛蒂尔德在斯德哥尔摩

1964年7月,出版自传体长诗《黑岛的回忆》,纪念60岁生日。次年,被授予牛津大学哲学与文学荣誉博士学位。1966年,完成与玛蒂尔德在智利婚姻合法化手续(他们先前曾在国外结婚)。

1969年,智利共产党提名他为智利总统候选人,后为了智利左翼的团结而退出竞选,并支持智利社会党总统候选人萨尔瓦多·阿连德。1970年阿连德当选总统后,聂鲁达被任命为智利驻法国大使。同年10月22日,获诺贝尔文学奖。

1973年9月11日,智利发生军事政变,阿连德总统以身殉职。聂鲁达卧病黑岛,生命垂危,同年9月23日,病逝于圣地亚哥医院,享年69岁。

聂鲁达逝世以后,人们又出版了他的诗集《冬天的花园》《2000年》《黄色的心》《疑问之书》《挽歌》《海与钟》《挑眼集》,以及回忆录《我坦言曾历尽沧桑》、散文集《我命该出世》等。1980年,西班牙巴塞罗那还出版了他少年时代的诗文集《看不见的河流》。

聂鲁达的成名作是《二十首情诗和一首绝望的歌》,出版于1924年,当时他还不满二十岁。爱情和大自然是聂鲁达早期诗歌的创作源泉。正如他1957年访华在北京的一次演讲会上所说:"……首先,诗人应该写爱情诗。如果一个诗人不写男女间的恋爱,就是一个很奇怪的诗人,因为人类的男女结合是世间非常美好的事情。如果一个诗人不写祖国的大地、天空和海洋,那他也是一个很奇怪的诗人,因为诗人应该向别人揭示事物和人的本质、天性。"

义务和爱情
是我的两只翅膀

——巴勃罗·聂鲁达

目录

CONTENTS

二十首情诗和一首绝望的歌　　001

100首爱的十四行诗　　057

二十首情诗和一首绝望的歌

1. 女人的身体

女人的身体,白皙的山丘,洁白的大腿,
你那委身于我的姿态就像这世界。
我这粗野农人的身躯挖掘着你,
让子嗣自大地深处欢声坠地。

我曾孤单如隧道。群鸟离我而去,
黑夜骤然将我攻占。
为了存活,我锻造你如一件武器,
如那弓上之箭、弹弓里的石丸。

复仇的时刻已经降临,可是我爱你。
肌肤、苔藓、贪婪而坚挺的双乳。
噢,乳房之杯!噢,迷离的双眼!
噢,阴部的玫瑰!噢,你悠悠的呻吟!

我的女人的身体,我将执着追寻你的美。
我的渴望,我无尽的苦恼,我游移不定的路!
黑色的河床上流过永恒的渴望,
最后是疲倦与无限的痛。

2. 光将你笼罩

光以其微弱的火焰将你笼罩。
沉思中的你,面色苍白,
背后是黄昏里绕着你旋转的
古老的螺旋桨。

我的女友,你沉默无言,
孤零零地与这死亡时刻独处,
心里充盈着火一般的生命,
这已被毁灭的白昼纯粹的继承者。

一束阳光落在你深色的衣裳。
黑夜里巨大的根茎
突然在你的心中生长,
隐藏在你体内的事儿重现于外,

一个苍白的蓝色民族，
刚刚降生，便从你那里获得滋养。

啊，伟大、丰饶而有迷人的女奴，
在那黑色与金色的交替循环间，
挺拔，奋力，完成了生命的创造，
花朵为之纷落，而自己充满悲伤。

3. 一望无际的松林

啊,一望无际的松林,伴随着破碎的波涛声,
缓慢的光之游戏,寂寞的教堂之钟,
霞光落进你的眼里,可爱的小美人,
陆上的海螺,大地在你心中歌唱!

河流在你心中歌唱,按照你的希望,
听凭你的要求,我的灵魂在水中荡漾。
请用你的希望之弓,指明我的去路,
我将在迷乱之中,释放我的箭束。

在我的四周,我看到你朦胧的腰身,
你的沉默追逐着我悲苦的时光,
是你用你那如玉的双臂,
留驻了我的亲吻,孕育了我潮湿的欲望。

啊,你那被爱情渲染的神秘声音,
在黄昏的暮霭中回荡共鸣!
深夜时分的田野上,
麦穗被风的嘴吹弯了腰。

4. 早晨满是风暴

在夏日的心中,
早晨满是风暴。

云朵漫游如一条条道别的白色手帕,
风儿用它旅人的双手挥动它们。

无数颗风的心
在我们相爱的寂静里跳动。

心儿在林间鸣响,管弦乐般神圣,
仿佛一门充满战争与歌声的语言。

风儿神偷般劫走枯叶,
逼得鸟群似箭般离弦改行。

风儿裹挟着缥缈的浪花,
把枯叶打落在地,堆成倾斜的火。

风儿停了,沉甸甸的吻飘下来,
败落在夏风的大门口。

5. 为了使你听见我

为了使你听见我,
我的话语
有时会消瘦成
银鸥在沙滩上的足迹。

手串、喝醉酒的铃铛
献给你那软若葡萄的手掌。

望着那些话语渐行渐远。
比那更多的,是你的话语。
它们像海蛇般向我旧日的痛苦袭去。

那些话就这么沿着潮湿的墙壁攀爬。
而你是这血腥游戏的罪魁祸首。

我的话语正逃离我黑暗的藏身处。
而一切的一切,都已被你填满。

在你之前,它们让孤独遍布,
它们比你更习惯我的悲苦。

如今我要它们向你倾诉,
只为你能听到我的衷肠。

焦虑的风拖拽它们一如往昔。
梦中的飓风仍要把它们吹倒。
你从我痛苦的声音里听到其他声响。
哭声还是来自那些嘴,流血依旧因为那些恳求。
爱我吧,女友。别抛弃我。跟我来吧!

跟我来吧,女友,冲破那焦虑的浪。

可是我的话语正渐渐被你的爱情染上颜色。
而一切的一切,都已被你填满。

我要把一切编成无尽的手串,
献给你那软如葡萄的洁白双手。

6. 我记得你去年秋天的模样

我记得你去年秋天的模样,
头戴灰色贝雷帽,内心一片平静。
晚霞的火焰在你的眼中跳跃。
树叶偏偏落入你灵魂的水面。

你像牵牛花般紧贴在我怀中,
树叶收纳着你悠柔而平静的声音。
惊愕的篝火燃烧着我的饥渴。
甜蜜的蓝色堇盘绕在我的心田。

我感到你的眼睛在漫游,秋天已然远去:
灰色的贝雷帽,小鸟的声音,以及家中的心,
我深深渴望着向你的心儿迁徙,
我那快乐的亲吻,似火炭般纷纷落下。

从船上看是天空,从山上看是田野。
忆起你,就是光明、炊烟、宁静的水塘!
你的眼睛深处燃烧着万千霞光。
秋天的枯叶在你的心间萦绕。

7. 临近薄暮

临近薄暮，我把忧伤的网
撒向你海洋般的眼睛。

那儿，在最高的篝火上我的孤独
燃烧蔓延，如溺水者挥动臂膀。

我向你茫然的双眼送去红色的讯号
秋波涌动如灯塔四周的海水。

我那远方的心上人啊，你一味守望着黑暗，
你的目光中不时浮现恐惧的海岸。

临近薄暮，我把忧伤的网
撒向那拍击你海洋般双眼的大海。

夜鸟啄食初现的星群，
星光闪烁如爱恋着你我的灵魂。

夜神跨着暗夜之马奔驰，
把蓝色的花穗撒遍原野。

8. 白色的蜜蜂

白色的蜜蜂,你喝醉了蜜,在我的心间嗡嗡作响,
围着袅袅的炊烟环绕飞旋。

我是个绝望的人,是没有回声的话语,
我一无所有,也曾拥有过一切。

最后的缆索,你牵系着我最后的渴望。
你是我这荒地上最后的玫瑰。

啊,沉默的姑娘!

闭上你深邃的眼睛。夜在那里振动翅膀。
啊,露出你那颤抖的雕像般的身体吧!

你的眼睛深邃,黑夜在那里扑扇着翅膀。
你细嫩的胳膊好似花朵,膝盖宛若玫瑰。

你的乳房仿佛洁白的蜗牛。
一只斑斓的蝴蝶来到你的腹部入眠。

啊,沉默的姑娘!

这就是你不在造成的孤独。
下雨了。海风追逐着流浪的银鸥。

流水赤着脚走在潮湿的街上。
树叶像病人那样抱怨着大树。

白色的蜜蜂,你不在,却在我心间嗡嗡作响。
时间会让你重生,纤瘦而沉默的姑娘。

啊,沉默的姑娘!

9. 沉醉于松林和长吻中

沉醉于松林和长吻中,
夏日里,我驾驶着玫瑰小船,
拐向那消瘦的死神,
凭借着水手的坚强和狂热。

面色苍白,被拴在贪婪的水上,
我穿过晴朗天气的酸腥气味,
依旧身着灰衣,耳听痛苦的呻吟,
一根悲伤的桅杆把浪花扔到后面。

被激情锤炼,我跨上自己的海浪,
月夜,白昼,炎热,寒冷,突然间,
睡倒在幸运岛屿的喉咙,
那洁白而甜蜜的海岛如臀部一般新鲜。

潮湿的夜里我亲吻的衣裳在颤抖，
满是电流，神志不清，
猛烈地破碎成许多的梦，
醉人的玫瑰也在我心中成长。

上游，在外围的海浪中间，
你和我并躺着的身躯紧贴在我胸前
犹如一条鱼般永远游在我的心田，
或快或慢，都在那天空笼罩下的能量之间。

10. 我们错过了晚霞

我们错过了晚霞。
黄昏时分,蓝色的夜坠落在世界上,
没有人看见我们手牵手。

从我的窗户我已看见
远处山间落日的狂欢。

阳光有时像枚硬币,
在我的两手间燃烧。

我忆起你,心神肃敛,
只因我那你熟知的悲伤。

彼时,你在哪里?

在哪些人中间?
说些什么话?
为何当我正心伤,觉得你在远方时,
全部的爱会突然降临我身上?

那本总在黄昏时被拿起的书掉落地上,
披风像受伤的小狗蜷缩在我的脚下。

总是如此,你总是在薄暮降临时离去,
走向晚霞抹掉雕像的地方。

11. 几乎在天空外

几乎在天空外,半个月亮
停泊在两山之间。
旋转、漂泊的夜,眼睛的挖掘者。
让我们看有多少星星粉碎在池塘里。

在我眉间,一个哀悼的十字浮现,又隐去。
蓝色金属的锻炉,无声战斗的夜晚,
我的心儿在飞旋,犹如疯狂的轮盘。
从远处来的女孩,被从极远处带来此间,
她的目光时而在天空下闪耀。
哀怨,风暴,愤怒的旋涡,
从我的心头穿过,片刻不息。
墓地之风裹挟、撕裂、驱散你慵懒的根。
在她另一侧,棵棵大树被连根拔起。

但是你,干净的女孩,烟与穗的疑问。
你是风用发亮的叶子造就的生灵。
夜幕下群山的身后,是火般的白百合,
啊,我无言以对!它由万物交织构成。

渴望啊,将我的胸膛一片片地切开,
是另择道路的时候了,在那里,她不复微笑。
将群钟埋葬的风暴,带着浑浊的旋涡,
为何要现在触碰她,让她陷入悲伤?
啊,走那条远离一切的道路吧,
不会有苦恼、死亡和冬天沿路守候,
只有双眸在露水中睁眼展望。

12. 有你的胸脯，我就心满意足

有你的胸脯，我就心满意足，
有我的双翼，你将拥抱自由。
一直在你心间沉睡的事情，
将经由我的口飞升到天空。

每日的幻想都在你身上。
你的到来宛若露水滴在花冠上。
你用缺席截断了地平线。
如波浪般永远徘徊在逃亡线。

我曾说过你在风中歌唱，
既像松树，又如船桅。
你和它们一样，高挑而又沉默，
倏然间伤感袭来，仿佛即将远行。

你像古道般热情好客。
回声与乡愁之音萦绕在你身边。
我醒来,在你灵魂里沉睡的鸟群,
时而迁徙,远走逃离。

13. 我用火的十字

我用火的十字在你身体的
白色的地图上——烙上印记。
我的嘴巴像一只躲躲藏藏的蜘蛛。

在你身上,在你身后,胆怯却又渴望。

在黄昏的岸边给你讲故事,
悲伤而温柔的姑娘,好使你不再难过。
一只天鹅,一棵树,遥远而欢乐的事物。
葡萄的季节,成熟与收获的时令。

我住在一个港口,在那里爱上了你。
孤独交织着恬静的美梦。
大海与悲伤将我禁锢。

沉默,迷乱,在两个静止的船夫之间。

在嘴唇与声音之间,某些事物正在逝去。
它有鸟的翅膀,带着苦恼和遗忘。
恰如渔网留不住水。
我的姑娘啊,唯有残留的几滴水在颤抖。
可是,在这些飞逝的话语中,仍有什么在歌唱。
仍有什么在歌唱,一直飞升到我贪婪的嘴巴。
噢,尽可用所有快乐的话语来为你庆祝。
歌唱,燃烧,逃离,仿佛疯子手中握有一座钟楼。
我悲伤甜蜜的姑娘啊,你突然间怎么了?
当我抵达那危险而寒冷的峰顶,
我的心啊,闭敛如那黑夜里的花朵。

14. 你每天都同宇宙之光嬉戏

你每天都同宇宙之光嬉戏。

精明的女客人,你乘着鲜花与流水而至。

你如我每天手里攥着一束花,

赛过我掌中这可爱的小白花。

自从我爱上你,你就与众不同。

让我帮你躺在黄色的花环里面。

是谁用烟云般的字体

在南方的群星间写下你的名字?

啊,让我告诉你,当你还不存在时你是什么样子。

骤然间狂风怒号,敲打我那闭着的窗。

天空是一张网,挂满了阴暗的鱼儿。

各类的风儿,尽在这里释放。

雨儿脱去她的衣裳。

鸟群纷纷逃去。
风啊,风。
我只能与人类的力量搏斗。
风暴旋起堆堆的深色枯叶,
吹散了昨夜泊在天空里的小船。

你在这里。喔,你并没有离开!
你要回答我,直至最后的呼号。
你像是担惊受怕,偎依在我身边。
可是,一道阴影突然划过你的眸间。

现在,就是现在,小宝贝,你带来了忍冬花儿,连你的酥胸也带着沁人的香味儿。

就在这凄厉的风追赶蝴蝶,

我爱着你,我的欢乐撕咬你樱桃般的香唇。

幸亏你还没习惯我,我那孤独而粗野的心灵,

还有人人都回避的名字,否则会给你带来多大的痛苦。

你我无数次看到了晨星一面燃烧一面亲吻着我们的双眼,

在我们的头顶,暮光盘旋飞舞。

我的话语像雨点般落在你的身上,抚摸你的身躯。

我早已爱上了你那闪烁珠光的身体,

甚至于相信你是宇宙的女主人。

我要从山上给你采来欢乐的花,喇叭藤花,

褐色的榛子,还有装满了亲吻的野藤花篮。

我要在你身上去做
春天在樱桃树上做的事情。

15. 我喜欢你沉默的时候

我喜欢你沉默的时候,因为你仿佛消失了一样,
你远远地听我说话,而我的声音触不到你。
你的眼睛似乎早已飞走,
如同一个吻,封住了你的嘴。

由于所有的事物都充满了我的灵魂,
你充满我的灵魂,从所有事物中浮现。
梦里的蝴蝶,你就像我的灵魂,
宛如"忧郁"这个词。

我喜欢你沉默的时候,你仿佛在遥远的地方。
你似乎在哀叹,一只喁喁私语的蝴蝶。
你远远地听我说话,而我的声音够不着你:
让我随你的沉默一起安静无声。

让我借你的沉默与你交谈,

它明亮如一盏灯,简单如一只指环。

你仿佛是夜,静默无声,繁星漫布。

你的沉默如星星一般,遥远而又单纯。

我喜欢你沉默的时候,因为你仿佛消失了一般,

你遥远而又悲伤,就像已经逝去一样。

在那时,一个字,一丝笑,就已足够,

我感到幸福,因为那并不是真的。

16. 在我的暮色天空里你像一片云

（本诗是对泰戈尔的《园丁集》第三十首诗篇的意译之作）

在我的暮色天空里你像一片云，
你的肤色和体形正是我喜爱的样子。
你是我的，嘴唇甜蜜的女人，你属于我，
你的生命中有着我无尽的梦想。

我的灵魂之灯为你的双脚染上玫瑰色，
我的酸酒在你唇间也变得甜美许多，
啊，我黄昏之歌的收割者，
在我孤独的梦中，你就是我的！

你是我的，是我的，我对晚风
高喊，风带走了我孤零零的声音。

劫走我双眼的女猎手啊,你的掠夺
让你夜的凝视平静如水。

亲爱的,你已被我的音乐之网捕获,
我的音乐之网宽阔得宛若天空。
我的灵魂诞生在你哀伤双眼的岸边。
在你哀伤的双眼中,梦的国度开始生成。

17. 在深邃的孤寂中沉思、纠缠

在深邃的孤寂中沉思、纠缠。
你也远去了,啊,比任何人都更遥远。
思考着,释放鸟儿,消逝图像,
埋葬灯火。

雾气里的钟楼,多么遥远,高高在上!
淹没叹息,磨碎暗淡的希望,
做个寡言的磨工,
黑夜突然向你袭来,从那远离城市的地方。

你的出现是陌生的,对我而言像一样东西。
我思考着,久久地走着,在你之前我的生活。
在所有人之前的,我那艰难的生活。
面向大海,朝着岩石之间呼喊,

自由奔跑,在海雾之中,疯狂。

悲伤的愤怒,呐喊,大海的孤独。

失控,狂暴,延伸向天空。

你,女人,你是什么?是什么样的光,什么样的风信旗?

你就像现在一样远离。

森林里的大火!在蓝色的十字架上燃烧。

燃烧,燃烧,蹿出火苗,火星飞溅到树上。

轰然倒下,劈啪作响。大火。大火。

我的灵魂带着火星的烫伤在跳舞。

谁在呼唤?多么回响丰富的寂静?

怀旧的时刻,欢乐的时刻,孤独的时刻,

属于我的时刻,超越一切的那一刻!

风唱着歌从喇叭里吹过。
那么多激情、泪水缠绕着我的身体。

挣脱了种种盘根的羁绊,
冲破那道道波浪的阻拦!
我的心跳动着,快乐,悲伤,永恒无尽。

在深邃的孤寂中沉思,把灯光埋葬。
你是谁啊,你是谁?

18. 我在这里爱你

在黑暗的松林中,风解开了自己。
月亮在流浪的水面上波光粼粼。
日复一日,互相追逐。

晨雾化作舞着的形状。
一只银鸥从黄昏中降落。
有时是一条帆船。高高的群星。

或者一艘木船的黑色十字架。
孤独一人。
有时清晨醒来,连我的灵魂都变得湿润。
海声在远处回荡着。
这是一个港口。
我在这里爱你。

我在这里爱你,地平线徒劳地掩藏着你。
即便身处这冰冷万物间,我仍然爱着你。
有时我的吻会跟随着那些满载的船只,
穿越海洋,永无停息。

我看着自己被遗忘,如同这些旧锚。
码头在黄昏停泊时是那么悲伤。
我的生命疲惫不堪,徒劳地饥渴。
我爱着我所没有的。你离我如此遥远。

我的倦怠与缓慢的黄昏相斗。
但夜晚来临,开始向我歌唱。
月亮旋转着它梦幻的圆轮。

最大的星星借你的双眼凝视我。
像我爱你一样,松林在风中,
想用它们带刺的叶子唱出你的名字。

19. 黝黑灵巧的姑娘

黝黑、灵巧的姑娘,那使水果成熟的太阳,
那让麦子变硬的太阳,那让海藻缠绕的太阳,
它使你的身体欢快,使你的双眼明亮,
让你的嘴角带有水波般的微笑。

当你伸展双臂,黑色而渴望的阳光
在你浓密的发丝中回旋,
你和阳光嬉戏,仿佛它是溪流,
它在你漆黑的眼中留下两汪池塘。

黝黑、灵巧的姑娘,没有什么能让我更接近你。
你如正午艳阳一般,身上的一切都让我远离。
你是蜜蜂的狂热青春,
波浪的陶醉,谷穗的力量。

可是,我的阴郁心灵寻找着你,
我爱你欢快的身体,你自由而纤细的声音。
黑色的蝴蝶,甜美而永恒,
你就像麦田和太阳,罂粟花和水。

20. 今夜我能写下最悲伤的诗

今夜我能写下最悲伤的诗。

写下像这样的句子:"夜晚布满星辰,
远处的星星在颤抖,闪烁着蓝光。"

夜晚的风在天空旋转歌唱。

今夜我能写下最悲伤的诗。
我曾爱过她,有时她也爱过我。

在像今晚这样的夜晚,我曾将她拥入怀中。
在无尽的天空下,我无数次将她亲吻。

她爱过我,有时我也爱过她。

怎么能不爱上她那深情的大眼睛呢?

今夜我能写下最悲伤的诗。
想到我已经失去了她,感受她已不在我身边。

倾听无边无际的夜晚,没有了她而更加漫漫。
诗句落进心灵,犹如露水滋润草地。

我的爱不能再留住她又如何。
夜晚布满星辰,她却不在我身旁。

这就是一切。在远处,有人在歌唱。
失去了她,我的灵魂因此而失落。

我的目光在寻找她,像是要把她拉近一般。
我的心在寻找她,却不见她的身影。

相同的夜晚,相同地让树木泛白。
我俩,彼时的我俩,已不再是同样的我俩。

我不再爱她,没错,但是我曾那么深爱着她。
我的声音寻找着风,只为吹拂她的耳畔。

属于别人,她将属于别人,如同在我亲吻她之前。
她的声音,她鲜亮的身体,她那深邃的眼睛。

我不再爱她,是的,但或许我还爱着她。
爱情如此短暂,遗忘却如此漫长。

因为像今天这样的夜晚，我曾经把她搂在怀中。
我的心，因为失去了她而堕入失落。

尽管这是她最后一次让我痛苦。
而这些是我为她写下的最后的歌。

绝望的歌

在笼罩着我的夜色中浮现起了对你的记忆。
河流将它固执的悲叹混入大海。

如黎明中的码头般被抛弃。
是离去的时刻了,被抛弃的人啊!

寒冷的花冠如雨般洒落我的心间。
瓦砾的沟壑啊,灾难的残酷巢穴!

在你这里,战争和飞翔积聚集结。
在你这里,诗歌的鸟儿振翅欲飞。

你吞没了一切,如同遥远,如同海洋,
如同时间。你这里一切都是灾难!

这是进攻和接吻的快乐时刻。
此刻的恍惚如灯塔般燃烧闪烁。

舵手的焦急,盲眼潜水者的恼怒,
爱情的迷离沉醉,你这里一切都是灾难!

在迷雾般的童年,我的灵魂振翅而受伤。
陷入迷途的探索者,你这里一切都是灾难!

你深陷痛苦之中,紧抓着欲望不放,
悲伤把你摔倒,你这里一切都是灾难!

我让阴影的高墙后退,
继续前行,超越欲望与行动。

血肉啊,我的血肉,我爱过而又失去的女人,
在这个潮湿的时刻,我向你召唤,为你作歌。

你如杯子般包容着无限的柔情,
又如杯子般被无尽的遗忘摔为碎片。

那是岛屿上黑色的孤独,
在那里,爱情的女人,你的双臂拥我入怀。

那是干渴和饥饿,而你就是水果。
那是痛苦和毁灭,而你就是奇迹。

女人啊,我不知道你怎么能够容纳我,
在你灵魂的土地上,在你双臂的交抱里!

我对你的欲望是多么猛烈而短暂啊!
变幻而迷醉,紧张而贪婪。

亲吻的墓地啊,还有火在你的坟间燃烧,
那是依旧被鸟儿啄食着的如火般的葡萄。

咬过的嘴巴啊,吻过的四肢啊,
饥饿的牙齿啊,交缠的躯体啊。

希望和力气的疯狂交合啊,
我们在其中联结,我们在其中绝望。

那柔情,轻盈得如流水与粉末。
那话语,在嘴唇上欲言又止。

这就是我的命运,我的渴望在这里航行,
我的渴望也在此坠落,你这里一切都是灾难!

啊,瓦砾的沟壑,一切在你这里坠落,
什么痛苦不把你挤压,什么波浪不把你淹没?

从浪尖到浪尖,你仍然在呼唤、在歌唱。
你矗立在船艏宛若一位水手。

你在歌唱时仍然开花,你在激流中仍然破碎。
瓦砾的沟壑啊,痛苦地张开大口的深井。

苍白盲目的潜水者,命运不济的投石手,
迷失方向的探索者,你这里一切都是灾难!

是离去的时刻了,这黑夜主宰下的
严酷而寒冷的时刻。

大海咆哮的腰带环绕着海岸。
寒星渐渐升起,黑鸟纷纷迁徙。

如黎明中的码头般被抛弃,
只剩颤抖的阴影交织在我手里。

啊,远离一切吧。啊,远离一切。
是离去的时刻了。被抛弃的人啊!

100首爱的十四行诗

1.

玛提尔德,植物、岩石或美酒的名字,
从土地诞生就长存于大地。
在它茁壮成长时,天光微明,
柠檬的光芒在夏日迸发。
木船沿着这名字驶过,
被海蓝火焰所环绕:
那些字母是一条河水,
奔流至我焦灼的心灵。
哦,暴露于纠缠藤蔓中的名字,
仿佛通向秘境隧道的门户——
通向芬芳世界的通道。
哦,请用你火热的嘴唇侵袭我,
或用你黑夜之眼审视我——
但请让我驶入并在你名字中安眠。

2.

爱，要经过多少条路才能到达一个吻，
在孤独中要漂泊多久才能与你相伴？
火车独自行驶，伴随着雨水前进。
在塔尔塔尔，春天还未来临。
但是你和我，亲爱的，我们紧密依偎，
从衣裳到脚跟，
从秋意到雨水，
直至只剩你我还相伴一起。
想想博罗亚之河口，
不息川流带来多少石头，
只因铁路和国界而分隔两头，
而你我只需简单相爱，
无论众人迷惑或清醒，男女皆然，
还有那康乃馨，在大地播种培育。

3.

痛苦的爱，紫罗兰的荆棘冠，

缠绕着刺人激情的灌木丛，

伤心之矛，怒火之花冠，

你将经何途径，如何将我灵魂征服？

你为何匆忙将此温柔之火

撒向我冰凉生命的枝叶？

是谁指引你来路？什么花，什么岩块，

什么烟带领你到我居住的地方？

夜晚震颤，令人惊恐，

黎明将高杯注满美酒，

太阳宣告自身存在；

残忍的爱无尽地缠绕着我，

直至用剑和荆棘把我刺穿，

留下一条焦灼之路在我的心间。

4.

你会记得那个古怪的峡谷,
芬芳的气息跳跃而上,
时不时地飞来一只鸟儿,
穿着水色和悠然:冬日的打扮。
你会记得大地的馈赠:
怒放的芬芳,黄金般的泥土,
灌木丛中的野草,疯狂生长的树根,
利如刀剑的迷人荆棘。
你会记得你带来的,
阴影和静谧之水灌溉而成,
像缀满泡沫的石头一般的花束。
那种体验前所未有,却又如此常见:
毫无期待地前往一个地方,
却发现一切都是期待中的画面。

5.

夜晚、空气和黎明都不能触摸你,
只有大地,葡萄串的美德,
听着纯净水流而生长的苹果,
你芬芳四溢的国土中的泥土和树脂。
从金查马利,那里制造了你的眼睛,
一直到边境为我创造的你的双脚,
你是我所熟知的黑色陶土:
在你的臀部上我再次感受到所有的麦子。
也许你不知道,阿劳坎娜,
当我爱上你之前忘记了你的吻,
我的心一直在记住你的嘴唇,
我像是受伤的人一样走在街上,
直到我明白我已经找到了,
爱情,属于我的亲吻和火山的领土。

6.

迷失在树林中,我折下一根暗色树枝,
把它喃喃的细语送向我干渴的唇:
也许是雨水的苦,
破碎的钟,或者割裂的心声。
那东西来自远方,听起来
是那么深沉,被土地覆盖。
那呼喊,被无尽秋意,
半掩潮湿的昏黑树叶遮蔽得无影无踪。
从森林的梦境中醒来,
榛树枝条在我的嘴下唱歌,
漂浮的气味浮上我心头。
仿佛故乡和童年又来寻我,
我那早已抛弃的根,
我停下来,被漂泊的香气刺伤。

7.

"随我来吧",我说——无人知晓。

我的痛苦在何处,将如何悸动,

我没有康乃馨或船歌,

只有一颗被爱划开的伤口。

我再次重复:随我来吧,用临终般的语气,

无人看见我唇上流血的月亮,

也无人看见那向寂静升起的血液。

哦,亲爱的,让我们现在忘记那带刺的星星!

因此,当我听到你重复说着

"随我来吧"——觉得你仿佛释放了

痛苦,爱情,

还有从酒窖深处泛起的酒之狂怒,

我的口中再次尝到火焰,

鲜血、康乃馨、岩石和烫伤的味道。

8.

要不是你的双眼如月亮般皎洁,
明亮得像日光下的黏土、劳作和火焰,
机灵得宛若空气一般,
要不是你是琥珀色的日子,
那爬上了藤蔓的金黄深秋,
还有那芬芳的月亮
游走天际时制造的面包,
哦,亲爱的,我就不会爱上你!
在你的怀里,我拥抱着一切,
沙滩,时间,雨中的树木,
我要活下去,这些都不可或缺:
即使不走远,我也能看得真切:
在你的生命里我看到了生命的一切。

9.

在浪潮冲击顽石的一瞬间,
光明爆发,绽放出玫瑰,
海洋的圆周缩小成一束花苞,
化为一粒蓝色的盐滴轻轻落下。
哦,绽放于明亮的木兰花,
迷人的过客,在死亡中开花,
周而复始地出现又消散于一霎:
破碎的盐,令人眩目的海浪。
当海洋毁灭着它无尽的雕像,
摧毁它激情的白塔,
你与我,我的爱人啊,共同封印了沉默,
只因在这奔涌水波和滚滚沙粒
编织而成的无形幕布里,
你我托起了唯一却多难的温情脉脉。

10.

柔美如音乐和木头,
玛瑙、织物、麦浪、透明的蜜桃,
就像竖起了一座转瞬即逝的雕像。
她用清新面对海浪。
海水拍打着光滑的脚,
仿佛给粒粒海沙抛光,
如今她那玫瑰般的女性火焰
引得阳光和海洋争奇斗艳。
啊,但愿除了冰冷海水外,没什么能将你触摸!
但愿爱意不会破坏这完整的春天。
美丽的人儿啊,无尽海沫将你辉映,
让你的双臂在水中勾勒出
天鹅或睡莲的影子,
让你的身躯在永恒的水晶中航行。

11.

我渴望你的唇,你的声音,你的秀发。

沉默而饥渴地,我游荡街头。

面包滋养不了我,黎明让我茫然,

我搜寻你双脚传来的音痕。

我渴望你婉转的笑声,

麦粒般鲜亮的双手,

还有那白玉般的指尖,

我想朝你的皮肤下口,像吞下一整颗杏仁。

我想吞掉在你可爱胴体里闪耀的阳光,

你骄傲的脸庞上至高无上的鼻子,

我想吃掉你眼睫上稍纵即逝的阴影。

我饥渴地四处游荡,嗅寻霞光,

搜寻你,搜寻你炽热的心,

仿佛基特拉杜荒原上的一头美洲豹。

12.

丰满的女人,肉体的苹果,炽热的月亮,
海草、泥浆和捣碎的光浓郁的气味,
是何种幽暗的亮光在你的柱间开启?
男子感触到的是何种古老之夜?
噢,爱是一趟旅程,伴随着水和星星,
窒息的空气,面粉的暴风雨;
爱是闪电的撞击,
是臣服于甜蜜的两个身体。
吻复一吻,我漫游于你小小的无限,
你的边界,你的河流,你的小村落;
而爱的火焰——变得如此鲜甜——
悄然穿过狭窄的血道,
直到它快速倾泄如康乃馨盛开在夜间,
直至虚实之间,化作一道暗中的闪电。

13.

从你的脚上升起到秀发的光芒,

包裹着你纤巧身姿的饱满曲线,

不是来自海洋的珍珠,也不是冰冷的银:

你是面包,烈火所爱的面包。

谷仓的面粉随着你长高堆积,

在幸福的岁月发酵膨胀,

当谷物使你的胸部隆起,

我的爱如煤炭在大地挥洒汗水。

哦,你的额头是面包,你的腿是面包,

你的嘴也是,被我吞食,随晨光而生的面包,

亲爱的,你是面包店的旗帜,

火焰给了你血的课程,

你从面粉那里体识到了神圣,

从面包那里学会了语言和香气。

14.

我来不及赞美你的秀发。
一根根的,我得数着并称赞它们:
有的情侣爱慕对方的眼睛,
而我只想成为你的理发师。
在意大利,他们叫你梅杜莎,
只因你的秀发如此起伏而翻腾。
我称你为我的乱发姑娘:
我的心通晓你秀发的门户。
当你迷失在自己的头发中时,
请别忘记我,记住我爱你,
别让我失去你的秀发,
在阴暗的世界中迷失漫游,
那里只有阴影和虚幻的痛苦,
直到太阳升起在你头发的塔楼。

15.

很久以前大地就认识你：
你像面包或木头一样坚实，
你是身体，坚实稳固的花簇，
你有金合欢和金豆一般的重量。
我感知你的存在，不仅因为你的眼睛飞舞
给事物带来光明，像敞开的窗户，
而是因为你在奇廉用泥土塑造，
烧制于一个神奇的土坯砖炉。
生命如空气、水或寒意般流淌，
虚无飘渺，仿佛在死前已支离破碎，
在时间接触下云散烟消。
你随我一起，如石块般坠落墓中，
就这样，我们那还未结束的爱
将与我们一起继续活在大地上。

16.

我爱你这片小小的土地,
因为在这星际草原里,
你是我唯一的星球家园。
你就是繁复的宇宙。
我拥有你大大的眼睛,
像是那遥远星座的闪烁,
你的肌肤脉动起伏,
宛如流星雨在夜空划过。
你的腰胯如月,
嘴唇深邃、甜美宛若太阳,
你的心被悠长的红光烫伤,
如黑暗中的蜂蜜一般炽热燃烧,
于是我吻着你,
在你这小小星球般的火中游荡。

17.

我爱你,但不把你当成玫瑰、黄宝石,

或火中射出的康乃馨之箭。

我爱你,像爱恋某些阴暗之物,

秘密地介于阴影和灵魂之间。

我爱你,把你当作那不开花

却偷偷怀抱花朵之光的植物。

因为你的爱,从大地升腾的浓郁芳香

在我的身体里隐秘生存。

我爱你,不知该以哪种方式、从何时还有何处去爱你,

我爱你爱得直接,不复杂也不傲慢:

就是这样地爱你,因为我只会这么爱你,

只有这样,我才会是你,

如此亲密,你的手放在我胸前成了我的手,

如此亲密,你随着我的梦而闭上眼。

18.

你如穿越山脉的微风,
或是从雪山急流而下的湍流。
你起伏的秀发
是阳光在密林中的华美装饰。
高加索的所有光芒洒在你的身上,
它仿佛一只无尽的小水瓮,
每当清亮的河水流动,
都给它换上新的歌谣和衣裳。
在山脉间古老的战士之路,
下方如剑一般炽烈闪耀的
是矿石墙壁间怒涛汹涌的水流,
直到你突然收到来自森林的
花束或蓝色花朵的闪电,
还有那不寻常的野香之箭。

19.

当内格拉岛的巨大泡沫,
蓝色的盐、海浪中的阳光打湿你的时候,
我注视着黄蜂的劳作,
只为自己宇宙中的蜜而奋斗。
它来回飞舞,平衡着笔直的金色翅膀,
仿佛在一根无形的电线上滑行,
舞蹈的优雅,腰间的渴望,
邪恶针刺下的杀戮。
它黑橙相间的身躯划过道道彩虹,
像飞机一般在草地间搜索,
带着谷穗的轻声飞翔,消失无踪,
而你赤裸着从海里走出,
回到这个世界,满身是盐与阳光,
宛如闪耀的雕像和沙铸的剑。

20.

我丑陋的爱人,你是一颗凌乱的栗子。

我美丽的爱人,你如风一般美丽。

我丑陋的爱人,你的嘴唇可以分成两个。

我美丽的爱人,你的吻像西瓜一样清新。

我丑陋的爱人,你的胸部藏在哪里?

它们微小得像两颗麦粒。

我希望看到你胸前挂着两个月亮:

它们是你无上权力的巨大塔楼。

我丑陋的爱人,海洋没有你的指甲。

我美丽的爱人,我一朵一朵花,一颗一颗星,

一道一道浪地为你的身体,亲爱的,编了目录:

我丑陋的爱人,我爱你金黄的腰。

我美丽的爱人,我爱你额上的纹。

亲爱的,我爱你,无论你是暗是明。

21.

啊,让所有的爱传遍我的心口,
但愿它不再忍受没有春天的痛苦,
面对痛苦,我能出卖的只有这双手,
现在,亲爱的,请让我沉浸在你的吻中。
用你的香气掩盖明亮的月光,
用你的秀发关上那扇门,
至于我,别忘记每当我哭泣着醒来,
因为在梦中,我只是个迷失的孩子,
在黑夜的树叶间寻找着你的双手,
那由你传递给我的麦田的触感,
充斥着阴影和能量的闪烁冲动。
啊,亲爱的,你只要在梦影里陪着我,
告诉我光明的时刻。

22.

亲爱的,我经常爱着你却见不到你,

甚至记不得你,认不出你的目光,连眼睛都不在你身上。

你是一株生错地方,曝晒于正午的矢车菊:

你只是我所爱的谷物的芬芳。

也许我见过你,想象着在安戈尔六月的月光下,

你经过时举起酒杯的模样,

或者你是那把吉他的腰身,

我在黑暗中弹奏,如狂涛般回响。

我不知不觉地爱上了你,寻找着你的回忆。

我拿着手电闯入空荡的房屋偷取你的肖像。

但我早已知道你的模样。突然间,

当你在我身边,我抚摸了你,我的生命停了下来:

你就在我眼前,统治着我,女王一般。

仿佛森林中的篝火,你的王国就是那火焰。

23.

光明是火,面包是愤懑的月亮,
茉莉花散布着它群星般的秘密,
而那苦爱中纯洁、温柔的手,
给我双眼送来宁静,让我感受到阳光。
哦,爱人啊,你就这么突然地
撕扯着建起甜蜜坚定的大厦,
击败了那些邪恶、嫉妒的爪牙,
面对世界,我们的生命已合二为一。
狂野而甜蜜的爱人,亲爱的玛蒂尔德,
曾经,现在,将来都将如此,
直到时光引导我们走向人生落幕的花朵。
没有你,就没有我,没有了光明,你我就不再是你我:
等到了那时,超越了大地与阴影,
我们的爱情之光将熊熊如炬。

24.

爱人啊，爱人，云朵攀上高耸上天的塔楼，
如得胜的浣衣妇般自豪地飞舞，
那空中都是星星，在蓝色天幕里燃烧：
海洋、船只还有白昼一同被流放。
来看看水中星光点缀的樱花树，
和短暂宇宙的圆形密码，
快赶在它的花瓣消失前，
来触摸那稍纵即逝的蓝色火焰。
这里只有阳光，一堆堆的，一束束的，
风吹出一片广阔空间，
让海沫都献出了最深处的秘密。
在这密布的深沉湛蓝里，
我们双眼迷离，只能隐约看见
空气的力量，海底的钥匙。

25.

爱人啊,在爱你之前,我一无所有:

我徘徊在街道和琐事之间:

一切都无关紧要,连名字都不需要:

整个世界只属于那等待的空气。

我曾经见过灰色的大厅,

月光光顾过的地下通道,

送走了飞机的清冷机库,

沙滩上回响的问题。

一切都是空虚、死亡和寂静,

消沉、遗弃和没落,

一切都是那么陌生,

一切都属于他人,却又无人认领,

直到你的美丽和质朴,

让秋天装满了礼物。

26.

无论是伊基克可怖沙丘的色泽，
还是危地马拉杜尔塞河口的景色，
都改变不你臣服于麦田的轮廓，
丰满如葡萄的体型，吉他般的嘴唇。
啊，我的心上人啊，自万物沉寂以来，
从藤蔓统治的山顶，
到灰白色的荒原，
在每一片纯洁的美景里，大地都把你再现。
可是，无论是矿山的粗野之手，
还是藏区的雪、波兰的石头，
都改变不了你的丰姿，宛若游走的谷物，
仿佛奇廉的泥土或小麦、吉他或葡萄，
执行着野蛮月亮的指令，
在你身上捍卫着自己的疆土。

27.

赤裸的你简单得像你的一只手,
光滑、朴实、小巧、圆润、透明,
月亮的线条,苹果的小径,
赤裸的你纤细似裸露的麦粒。
赤裸的你蔚蓝如古巴的夜晚,
蔓藤和星星落在你的发间,
赤裸的你,高挑而金黄,
像被夏日铺上了金色的教堂。
赤裸的你小得像你的一根指甲,
精致的弯曲、玫红的粉嫩,直到黎明来临,
你方隐入地底,
仿佛沉入衣着和杂务的悠长隧道:
你的光亮淡去,穿上衣服,落尽繁叶,
再次成为赤裸的手。

28.

爱,从颗粒到颗粒,由星球到星球,
风的网带着它阴暗的国度,
战争踏着它血迹染红的鞋子,
还有谷穗经历的白昼和黑夜。
无论我们去哪儿,岛屿,桥梁,旗帜,
短暂而萧瑟的秋天里的小提琴,
喜悦都在杯唇间回荡,
痛苦哭着把我们阻挡。
在所有的国度,
风肆意展开它长发一般的旗帜,
把花朵送回它们的劳作。
但在我们身上,秋天永远不会终结。
在我们永恒的故土里,爱发芽生长
享受着露水的权利。

29.

你来自贫穷的南方人家,

那寒冷和地震频生的困苦地区,

连那些教会我们在沙土中求生的本地神灵,

都得朝自己的死亡坠去。

爱人啊,你是黑沙土捏成的马驹,

带着黑泥之吻,沙土里长出来的虞美人,

暮光中飞过路边的鸽子,

装满我们贫穷童年的泪水的储钱罐。

我的姑娘,你保留了你贫穷的心灵,

贫穷的你习惯了赤脚踩在石头上,

你的嘴并非总有面包或美味品尝。

你来自贫穷的南方,我的灵魂也来自那个方向:

在那里,你我的母亲还在一起洗衣,

因此,我选择了你,作为我的伴侣。

30.

你拥有群岛上落叶松的纤维,
经历了世纪岁月打磨的肌肤,
血管曾经触摸过木头的海洋,
绿色的血液从空中堕入记忆。
阳光在激流下愈发苦涩、寒凉,
我这迷茫的心,困顿在根须间,
无人将其收留,
那里寄居着不随我流浪的阴影。
就这样,你如一座喧闹的岛屿
被羽毛和木头加冕,离开南方,
我嗅着流浪森林的芳香,
在林间找到了熟悉的黑蜜糖,
在你的臀部触摸到了朦胧的花瓣,
它们伴我诞生,建起了我的心房。

31.

以南方的桂冠和洛塔的牛至,
我为你加冕,我骨头上的小君主,
不能没有那顶王冠,
由大地用香脂和绿叶制作而成。
像爱你的人一样,你属于绿色的省份:
我们从那里带来了在我们血液中流淌的泥土,
在城市里,我们像许多人一样迷失,
担心市场会打烊。
亲爱的,你的影子有李子的香气,
你的眼睛在南方隐藏了它们的根,
你的心是形状扑满的白鸽,
你的身体光滑如水中的石头,
你的吻是带着露水的葡萄串,
而我与你一起与大地共生。

32.

早晨的房子,真理被床单和羽毛打乱,
一天方始就已没了方向,
像一只可怜的小船,
漂泊在秩序和梦想的地平线之间。
东西只想拖着痕迹前行,
漫无目标地追随,冷冰冰的遗产,
文件隐藏起皱巴巴的元音,
而瓶里的酒还想延续昨日。
整理房间的人啊,你如蜂儿般振翅飞翔,
触碰那些迷失在阴影里的地方,
征服光明,用你洁白的能量。
就这样,清晰重新建立:
东西臣服于生命之风,
秩序让面包和鸽子各归其位。

33.

亲爱的，我们就要回家了，
那已被藤蔓爬满楼梯的房子：
在你来之前，踩着忍冬步伐的赤裸夏天，
就已潜入到了你的卧室。
我们徘徊的吻游遍了世界：
亚美尼亚，从地窖里挖出的浓厚蜜糖，
锡兰，绿色的鸽子，
还有长江，以古老的耐心将昼夜分隔。
而如今，亲爱的，跨过奔涌的大海，
我们像两只盲目的鸟儿飞回墙头，
回到那遥远春天里的巢穴，
因为爱情不能只顾飞翔而不停歇：
我们的生命回到墙头或海边的礁石，
我们的吻回归我们的领土。

34.

你是海的女儿,牛至的表亲。
游泳者,你的身体是纯净的水。
厨师,你的血液是鲜活的土地。
而你的习俗则似花般繁盛并扎根地面。
你的目光望向水中,激起层层波浪。
你的双手触摸大地,种下颗颗种子。
你在水和土中都拥有深刻的特质,
如泥土法则一般融入你的内心。
水仙女,绿松石切割你的身体,
然后在厨房中复苏绽放,
你接纳一切存在的方式,
最终沉睡在我的臂怀,
它为你摒去昏暗,让你休憩,
豆类、海藻、海草:你梦境的泡沫。

35.

你的手从我的眼睛飞向白昼。
阳光如绽放的玫瑰般涌入。
沙滩与天空脉搏般跃动,
仿佛高高的蜂巢被切割成了块块绿松石。
你的手触摸到了叮当作响的音节,
酒杯、黄色的油壶、
花冠、泉水,还有最重要的——爱情。
爱情:你白皙的手里握着勺子。
黄昏离去,夜之苍穹悄然滑落,
笼罩住人们的睡梦。
一股忧伤的野生气息散发出忍冬的芬芳。
你的手从飞翔中归来,
展开那我原以为已经失去的羽翼,
覆盖在我被阴影吞噬的眼睛上。

36.

我心爱的人啊,芹菜和盆栽女王:

线与洋葱之小豹:

我喜欢看你的微缩帝国闪耀,

蜡、酒、油、蒜是你的武器,

为你的双手而敞开的土地,

在你手中燃起的蓝色物质,

从梦境到沙拉的转世,

还有蜷缩在水管中的蛇。

你用修剪刀挥舞着芳香。

你,指引着泡沫中肥皂的方向。

你,攀爬上我发狂的楼梯。

你,处理着我的书写症状,

然后在笔记本的沙滩上找到

那些寻觅着你的嘴的迷途字母。

37.

啊,我的爱人,啊,疯狂的闪电与紫色的威吓,

你拜访我,沿着清冷的楼梯攀上

这被时光用雾气加冕了的城堡,

在苍白墙壁里面的,是锁着的心房。

一切都无人知晓,

是温柔建起了这坚如城墙的玻璃窗,

血液徒劳地开辟了隧道,

主人却无法把冬天推倒。

所以啊,我的爱人,你的唇,你的肌肤,你的光芒,

你的忧伤,都是生命的财富,

是雨水和大自然的神圣馈赠。

它们接纳并升华着谷物的厚重,

酒窖中的秘密风暴,

在地上燃起的谷物火焰。

38.

你的房间在中午像一列火车奔驰,

黄蜂嗡嗡作响,锅碗瓢盆欢唱,

瀑布列举着露水的功劳,

你的笑声展开如棕榈树的鸣唱。

蓝色的墙壁与石头交谈,

像一个吹着口哨的牧人带着电报而来,

荷马踏着静悄悄的步子,

爬上两棵青翠的无花果树间。

唯有在这里,城市没有声音和哭泣,

没有尽头,没有奏鸣曲,没有嘴唇,也没有汽笛,

只有瀑布和狮群的对话,

还有你,上楼,唱歌,跑步,行走,下楼,

种植,缝纫,烹饪,捶打,写字,回家,

抑或你已离去,预示冬天已然来临。

39.

我忘记了,你用手满足根系,
给纷乱的玫瑰浇水,
直到你的指纹在大自然的和平中
盛开如花。
锄头和水如你的牲畜,
陪伴着你,咬嚼舔食着泥土,
就这样,你在劳作里释放出丰饶,
孕育出火焰般清新的康乃馨。
我为你的双手祈求蜂儿的爱与荣耀,
让它们混淆土地里透明的血统,
好能在我的心田进行它的农耕,
如此这般,我仿佛一块燃烧的石头,
突然之间,在你身边唱起歌来,
只因森林之水循着你的声音奔涌而来。

40.

寂静是绿色的,阳光里泛着潮湿,
六月颤动着如蝴蝶一般,
玛蒂尔德啊,在这南方的领土,
从海洋到岩石,你穿越了正午。
你带来铁锈色的花朵,
被南风折磨和遗忘的海藻,
这沙之麦穗被你用双手拾起,
它们因海水而开裂,却白皙依旧。
我爱你纯洁的天赋,你完好如石的肌肤,
你献给阳光的指甲,
还有你喜悦满溢的嘴巴,
可是,对我这深渊边的房屋,
被遗忘在沙里的海之楼阁,
请给我饱受折磨的沉默。

41.

一月是不幸的,
冷漠的正午在空中写着它的方程,
金色的烈日仿佛一杯满溢的酒,
洒遍大地直至蔚蓝的边疆。
此刻的不幸,如未长大的葡萄般,
汇聚着酸涩的绿色苦味,
迷茫,每日里把眼泪隐藏,
直到恶劣天气公开它的葡萄串。
是啊,幼芽、痛苦,惊恐跳动着的一切,
在一月的爆裂光芒下,
都将成熟,将会如昔日果实一样燃烧。
忧伤将被分离:
灵魂将被一阵风吹跑,
褐色果实和新鲜面包呈置桌上。

42.

闪耀的白日被海水平衡,
凝聚如黄色岩石的内部,
蜜一般的辉煌未能颠覆混乱:
依旧保留了矩形的纯洁。
时光噼啪作响,如蜜蜂也如火焰,
绿色努力地沉浸在树叶之间,
再往高处是枝叶,
一个低语着的闪烁世界。
火焰下的饥渴,夏日燥热的人群
用几片树叶营造起了一个伊甸园,
因为这个灰暗面庞的大地不想要苦难,
而是给众人以清凉或火焰,水或面包,
除了太阳或夜晚,月亮或麦穗,
没有什么应该把人类分开。

43.

在所有女人中我寻找着你的影踪,
在那湍急起伏的女人之河中,
你的发辫,微微低垂的眼睛,
在海滩泡沫中滑行的盈盈脚步。
突然间我似乎看到了你的指甲,
灵巧而修长的椭圆,宛若樱桃一般,
还有你的头发飘过我的身边,
仿佛看见你火中的形象在水面燃烧。
我寻寻觅觅,但无人拥有你的心跳,
你的光芒,你从森林带来的黑土,
无人拥有耳朵如你那般小巧。
你完整而简单,你一个人却囊括了众人,
就这样,我与你一边爱着,
一边穿过河口宽阔的密西西比河。

44.

你或许知道,我不爱你,也爱你,
因为人生总有两面,
言语是沉默之翼,
火焰有一半是寒冷。
我爱你,是为了开始爱上你,
为了重启永恒,
永无休止地爱你:
所以我还没有爱上你。
我爱你而又不爱你,仿佛我手中握着
开启幸福和未卜命运的两把钥匙。
我的爱用两个人生来爱你。
所以,当我不爱你时,我爱你;
当我爱你时,我还是爱着你。

45.

别走远了,连一天都不行,因为啊,

因为无法言说,一天是如此漫长,

我将在车站等待你的归来,

当火车在别处安静入眠。

不要离开,一小时都不行,

因为无眠的点滴将悉数浮现,

也许那寻找家园的浓烟

将再次击碎我失落的心田。

啊,愿你的身影不在沙滩上流散,

啊,愿你的眼帘不在神游里飞远:

亲爱的,连一分钟都不要离开我,

因为在那一刹那,你已离我如此之远,

我将浪迹天涯四处追问,

你会回来,还是会弃我于长眠。

46.

在我仰望的星星中,

被不同的河流或露水所湿润,

我只选择了我所爱的一颗,

从那时起,我与黑夜一同入眠。

从波浪中,一波又一波,

绿色的海洋,冷冽的绿色,绿色的枝叶,

我只选择了唯一的波浪:

你身体上无法分割的波浪。

所有的水滴,所有的根系,

所有的光线,

早晚都会前来看望我。

我渴望拥有你的秀发。

在故土给我的所有馈赠中,

我只选择了你那野性的心。

47.

我希望在身后的树枝上看到你,
渐渐地,你变成了果实。
你毫不费力地从根部攀升,
用你流动的树液歌唱。
在这里,你将首先绽放芬芳,
化为一个吻的雕像,
直到太阳和大地、血液和天空,
赐予你美味和甜蜜。
我将在枝丫间看到你的秀发,
你在繁茂叶子间成熟的标志,
把叶子靠近我口渴的嘴,
让我的嘴充满你的味道,
这是带着你那恋人之果的血,
从大地升起的吻。

48.

两位幸福的恋人构成一块面包,

草地里的一滴月光,

行走时,两个相伴的影子,

醒来时,床上空出一个孤寂的太阳。

在所有的真理中,他们选择了这一天:

不用线,而是香气相联,

从未撕毁和平,也不粉碎语言。

他们的幸福是一座透明的塔楼。

空气、美酒与这两位恋人同行,

夜晚赠送他们幸福的花瓣,

让他们拥有所有康乃馨的权利。

两位幸福的恋人,没有终结,也没有死亡,

他们诞生,他们死亡,有生之年重演多次,

他们像大自然一样生生不息。

49.

今日已至：昨日已逝，

消散在光的指尖、梦的双眼，

明天将踏着绿色的步伐到来：

黎明的河流无人能挡。

亲爱的，无人能阻挡你双手的河流，

你梦中的双眼，

你是游走在烈日和霞光间的时间的震颤，

天空以肃穆神秘的仪式，

挥舞它的翅膀，

将你带进我的怀抱，

因此我朝着白昼和月亮，

大海、时光和所有星星，

还有你白天的声音和黑夜的肌肤放声歌唱。

50.

科塔波斯说你的笑声
像一只鹰从陡峭的塔楼中飞下,
确实如此,你划开世间的枝叶,
以一道天蓝色的闪电,
坠落、切割,溅落着露珠之舌,
钻石水滴,光与它的蜜蜂,
而在沉默之须居住的地方,
太阳和星星像榴弹般爆炸,
天空带着暗夜一同崩塌,
钟铃和康乃馨在明月下燃烧,
皮匠的马群奔驰而过:
因为你如此娇小,
就让笑声如流星般飞翔,
令自然之名触电般疯狂。

51.

你的笑声属于一棵被闪电劈裂的树,
那银亮的霹雳从天而降,
把树冠折断,
用一把剑将树劈成两半。
我的挚爱,像你这样的笑声
只能诞生在枝叶繁茂的高地雪原,
亲爱的,那是风在高处肆意地欢笑,
是南美杉的习惯。
来自奇廉高原的我的爱人啊,
请你用笑声之刃把阴影、
夜晚、早晨和正午的蜜糖分开,
待你的笑声如万丈光芒般
穿透生命之树,
林间的鸟儿纷纷冲向天边。

52.

你展开歌喉朝着太阳和天空歌唱,
你的声音剖开白昼的麦粒,
松树用它们绿色的舌头说着话:
冬天的鸟儿们啁啾鸣叫。
大海在它的地下室塞满了声音,
脚步、钟声、锁链和呻吟声,
金属和器具叮叮当当,
商队的车轮咔哒作响。
但我只能听见你的声音,
音调升高如箭般精确飞扬,
音调降低似雨水倾盆而降,
你的声音在至高处撒下刀剑,
回旋时带来紫罗兰花朵,
直至陪伴着我在天际徜徉。

53.

这里有面包、酒、桌子和住所,
男人、女人和生活的必需品:
疾旋的和平奔流到这里歇脚,
共同的火焰在这光芒中燃烧。
我要向你的双手发出赞美,
在歌声里飞舞着烹饪白色的佳肴!
致敬!你正直无私的飞奔的双脚,
万岁!你这挥着扫帚的翩翩舞者。
那些湍急的河流,充满威胁的水域,
那波涛汹涌的苦恼宫殿,
那里的蜂巢和礁石熊熊燃烧,
如今成为安息之所,你我的血液互相交融,
星光闪耀,夜空般湛蓝的河道,
这温柔乡里的无尽简单。

54.

煌煌正午穿透茂密的葡萄串，
辉煌的理性，明亮的恶魔，
我们终于到达这里，孤独而不寂寞，
远离野蛮之城的狂言呓语。
当纯净的线条勾勒出白鸽的轮廓，
火焰用它的养料为和平授勋，
你和我建立起这天堂般的结局！
理性和爱情赤裸地生活在这屋里。
愤怒的梦想，苦涩笃定的河流，
比铁锤般的梦更艰难的决定，
降临到恋人的双人杯里。
待到那成双的事物被托上天平，
理性和爱情仿佛一对羽翼。
唯有如是，透明方才建立。

55.

荆棘、破碎的玻璃、疾病、哭泣，

它们日夜困扰着幸福的甜蜜。

塔楼、旅途、城墙都无济于事：

不幸穿越睡者的宁静，

痛苦起起落落，靠近他们的勺子，

无人可以摆脱这些动荡，

它们本就存在，无法求诸屋顶或篱笆：

必须考虑到这个属性。

在爱情中，闭上眼睛也无济于事，

要么藏身远离恶臭伤痕的深渊，

要么一步步地征服自己的旗帜。

因为生活鞭打我们如同怒火或激流，

它开辟出一条血腥的隧道，

无尽的痛苦用眼睛监视着我们。

56.

你要习惯在我身后看见阴影,

让你的双手走出怨恨,它们如此透明,

仿佛诞生于早晨的海中:

我的爱人,盐给予了你晶莹剔透。

随着我的歌声,嫉妒受苦、衰亡。

它忧伤的船长们一个个垂死挣扎。

我说了一声爱,世界上就布满了白鸽。

我的每个音节都会带来春天。

就这样,亲爱的,花枝招展的宝贝,

你如从天而降的枝叶般覆盖在我的眼前,

而我倚靠在大地上凝视你。

我看到阳光将葡萄串迁回你的脸颊,

注视着高处,我辨认出你的脚步。

欢迎你,马蒂尔德,我头顶冠冕的爱人!

57.

谎言，那些人说我失去了月亮，
预言我的未来如沙漠一般，
用冷漠的语言为许多事情断言：
他们想要禁止宇宙中的花朵。
"琥珀色的美人鱼将不再歌唱，
只剩凡人还待在那里。"
他们咀嚼着喋喋不休的纸片，
为我的吉他供应着遗忘。
我向他们的双眼掷出灿烂的矛尖，
将你我的心脏刺穿，
我追寻你留下的茉莉芬芳，
在你的眼皮下，我在黑暗中迷失，
当明亮将我包围，
我终于重生，成为自己黑暗的主人。

58.

在文学之铁铸造的大刀巨剑间,
我像一位异国的水手四处流浪,
不熟悉街角,只是歌唱,
除此之外,又还能怎样?
我从暴雨洗礼的群岛带来了手风琴,
带着疾风骤雨,
还有自然万物天赐的舒缓:
它们塑造了我野性的心。
所以,当文学利齿试图咬住我诚实的脚后跟,
我毫无知觉地随风而歌,
朝着我童年时雨水滂沱的仓库,
还有无边南方的寒冷森林前进。
在那里,我的生命充满了你的芳香。

59.
（G.M.）

可怜的诗人啊，

无论生死，都以同样的阴暗把他死死纠缠，

接着被冷漠的华丽所覆盖，

交给葬礼上的仪式和牙齿。

他像碎石子般暗淡，

平躺着被傲慢的马匹拉着向前，

任凭外人和帮工摆布着，

终于在喧嚣里入土长眠。

在确保死者真正死去之前，

他们将葬礼办成了一场可鄙的盛宴，

有火鸡，有猪肉，还有演讲者在发言。

他们窥探着死去的诗人，然后将他侮辱：

只因诗人的嘴已闭上，

无法回应他们的歌唱。

60.

那个企图伤害我的人伤到了你,

那毒药之击朝我袭来,

如一张网般穿过我的努力,

在你身上留下了锈迹和失眠。

爱人啊,我不想看到那对我的仇恨

在你如月般白皙的额头留下疤痕。

我不希望别人的怨恨把它徒劳的

刀之冠冕遗忘在你的梦中。

无论我走到哪里,恶毒的脚步都如影随形。

我笑,恐怖的鬼脸模仿我的脸庞。

我歌,嫉妒咒骂嘲笑着把我折磨。

爱人啊,这就是生活赐予我的阴影:

一套空荡荡的衣服,跛着脚随我前行,

仿佛一个咧着血嘴微笑的稻草人。

61.

爱带来了伤痛的尾巴,

一道漫长而静止的荆棘之光,

我们不妨把眼睛闭上,

因为没有任何伤痛可以把我们分开。

哭泣不是你双眼的过错,

刺下这把剑的并非你的双手,

你的脚步没有追求这条道路,

是阴郁之蜜流进了你的心田。

爱如一片巨浪

把我们撞向坚硬的岩石,

接着用同一块面团把我们糅合,

痛苦降临在另一个甜美的面庞上,

于是在这盛开之季的光芒里,

受伤的春天迎来了神化。

62.

亲爱的,为我,也为我们,我长吁短叹,

我们只想要纯粹的相亲相爱,

痛苦那么多,

唯有你我被深深地伤害。

我们但求你只属于我,我只属于你。

你的亲吻,我的秘密面包,

仅此而已,一直都如此简单,

直到仇恨从窗户闯进来。

那些怨恨我们的可怜虫,

不曾像我们般相爱,甚至从未爱过,

仿佛破败大厅里的椅子一般,

直到最终被灰烬纠缠。

他们那气势汹汹的脸,

也在落日暮霭里烟消云散。

63.

不仅因为我曾漫步过那荒凉的土地,

硝石是那里唯一的玫瑰——被大海埋葬的花朵,

还因为我曾沿纵贯雪山的河岸行走。

险峻的山脉高地熟知我的足迹。

沟壑纵横,狂风呼啸的我的野蛮之国,

林中的藤蔓用致命的吻相互缠绕,

鸟儿用湿漉漉的哀鸣传递冰冷的寒颤,

哦,这满是失落之苦和无情哭泣的国度!

属于我的不仅有暗绿的铜矿,

还有像雪一般辽阔平铺的硝石,

还有葡萄园,春天送来的樱桃树,

它们都属于我,而我仿佛一粒黑色的原子,

属于这干旱的土地,属于秋天洒在葡萄上的光芒,

也属于这塔般雪山举托着的金属之国。

64.

我的爱如此丰盈,连生命都被染成紫色,

我像只盲鸟一样四处飞翔,

直到来到你的窗前,我的女友。

你感受到了破碎的心的喃喃自语,

我在阴暗中飞升,来到你的怀抱,

不知不觉,我飞上了小麦塔楼,

我奋力奔向你的双手,

自海洋向你的欢喜飞去。

没人能数清我对你的亏欠,

亲爱的,我对你的亏欠清澈、纯洁,

就像阿劳卡尼亚的树根一般。

我对你的亏欠无疑是密若星河,

这亏欠就像荒原里的一口井,

时间在那里守着漂泊的闪电。

65.

玛蒂尔德,你在哪里?

我感觉到,在领带和心脏的上下,

肋间传来一股忧伤:

因为你就这么突然不见了。

我渴望着你充满活力的光芒,

我环顾四周,吞噬希望,

我凝视着屋子,你不在它变得空荡荡,

只剩下几扇悲伤的窗。

沉默寡言的天花板聆听

古老的雨水轻轻飘下,

仿佛黑夜囚禁的羽毛。

我就这样等着你,仿佛一间孤独的屋子,

你会再次来看我,把我居住。

否则的话,窗户会让我久久痛苦。

66.

我不爱你,只因为深深爱着你,

从爱你到不再爱你,

从期待你到不再期待你,

我的心从寒冷变成炽火。

我爱你,因为我只爱着你。

我无尽地恨你,边恨边央求你。

我流浪的爱的分寸是不去看你,

仿佛蒙着眼睛一般去爱你。

也许一月的光芒,带着残酷的射线,

将摧毁我整个心灵,

偷走了我安宁的钥匙。

在这个故事里只有我死去,

我将因爱而死,因为我爱你,

亲爱的,因为我爱你,以血与火的方式。

67.

南方的大雨倾泻在尼格拉岛上,
宛如一滴透明而沉重的水珠,
海洋敞开冰冷的叶片迎接它,
大地领悟了酒杯湿润的命运。
我的灵魂啊,请你把这海洋的咸水
用你的亲吻赐予我,
它是大地的蜜糖,
天空千百次吻过的浸润芬芳,
海洋在冬季里的神圣耐心。
某样东西向我们呼唤,所有的门自行打开,
雨水向窗户长久地细语喃喃,
天空向下延伸,直到触及地平线,
于是白昼用时间、盐分、低语、成长、道路,

一个女人,一个男人,还有大地上的冬天,
把它的天网织了又拆。

68.

(船首破浪神像)

木头做的小女孩并非步行前来,

就那么某天被端放坐在船首砖上,

她的头顶盖过古老的浪花,

她的目光里饱含深邃的悲伤。

她就在那儿注视着我们的生活,

我们在地上匆匆来去,奔走繁忙,

她的花瓣被太阳晒得失掉了颜色。

木头小女孩望着我们,却什么也看不见。

这古老破浪加冕的小女孩,

就在那儿用毁坏的眼睛凝望我们:

她知道我们生活在一个遥远的网中,

这网由时间、海水、波浪、声音与雨水所织成,却不知道我们是否存在,抑或我们只是她的梦境。

这就是木头小女孩的故事。

69.

或许不存在就是没有你的存在,

没有你去把蓝花般的正午裁剪,

之后你也不会行走在雾气和砖块间,

也没有那束你手中的光芒,

也许外人看不见它的金黄,

也许无人知晓它长大后是玫瑰的红色,

总之,只因你不存在,

还未粗暴煽情地到我身边,

了解我蔷薇怒放,风吹麦浪的生活,

自你来后我因你而存在,

从那时起我有了你,你有了我,我们成为一体,

因为爱,我们永远在一起。

70.

或许我没流血却已受伤,

只因你生命中的一束光打到我身上,

密林中水流挡住了我的去路:

那雨水裹挟着天空倾盆而下。

于是我摸了摸沾湿的心灵:

在那里,我知道你的目光

深深插入了我无尽的痛苦,

一个阴影的低语突然浮现:

是谁?是谁?但那昏暗的树叶和水流没有姓名,

只是在这密林的路旁沉默地脉动,

亲爱的,就这样,我意识到自己已受伤,

那里寂静无声,无人言语,

只剩那阴影,漂泊的夜和雨水的吻。

71.

爱情在痛苦间穿越座座小岛,

直到扎下根用眼泪来浇灌,

而没有人,没有人能逃避

那沉默而残忍奔跑着的心的脚步。

所以你我寻觅一个洞穴,位于另一个星球,

在那里盐分不会触及你的发梢,

在那里不会因我的过错而产生痛苦,

在那里只有面包,没有苦闷。

一个被距离和茂密丛林缠绕的星球,

一片荒原,一块残酷而无人居住的石头,

用我们自己的双手筑起坚固的爱巢,

我们相亲相爱,没有伤害,也没有创伤或流言,

但爱情并非这样,而是一个疯狂的城市,

阳台上的人们苍白无力。

72.

我的爱人，冬天回到它的驻地，
在大地上散播着黄色的恩赐，
我们的手拂过遥远之国，
拂过那大地上的秀发。
我们走吧！就是今天！前进，车轮、船只、钟声，
无边白昼里穿行的飞机，
划过长长的面粉铺就般的航迹，
朝着弥漫爱之芳香的群岛前进！
走吧，快起来，戴上冠冕，上攀下降，
随我一起迎着风呼啸奔跑，
让我们一起坐火车去阿拉伯或托科皮利亚吧，
就像花粉的遥远迁徙一般，
去造访那赤脚的贫穷酋长统治下的
遍地破杉和栀子花的痛苦村庄。

73.

或许你会记得那个瘦削的男人，
他像一把刀从黑暗中走出，
在我们意识到之前，他已经知晓：
他看到了烟雾，并确定它来自火焰。
面色苍白的黑发女人挺身而出，
如一条鱼跃出了深渊，
为了对抗这爱情，
两人合力组装了一台利齿众多的机器。
男人和女人毁掉了山脉和花园，
下到河流，攀上墙垣，
在山上架起他们凶残的炮火。
爱情此时才知道它被称为爱。
当我抬起双眼看着你的名字，
你的心突然指引了我的道路。

74.

八月的雨水打湿了道路，

犹如在满月之下被切割般闪耀，

泛着秋天的苹果切开后的光泽。

迷雾、空间或天空，

模糊的白昼网络与冰冷的梦境、喧嚣和鱼群一起生长，

岛屿的蒸汽侵袭着大地，

智利的阳光之上大海在动荡。

一切仿佛金属一般聚集，树叶将自己隐藏，

冬天掩盖了它的血统，

我们只是蒙着双眼，

沿着悄然流动的河道不住前行，

向旅途挥手、向道路告别：

再见了，大自然的泪花飘落下来。

75.

这儿有房子、大海和旗帜。
我们在陌生的墙壁间徘徊。
我们找不到门,也听不见声音,
房间空寂得仿佛死去了一般。
最终,房子敞开了它的沉默,
我们踏进这被遗弃的地方,
死去的老鼠,空洞的告别,
水在管道中抽噎。
这房子哭着,哭得日以继夜,
虚掩着门,和蜘蛛一起呜咽,
从它的黑眼睛里散落衰解,
如今我们突然让它复活,
我们安居其中,它却认不得我们:
它得热闹起来,但已将此忘却。

76.

迭戈·里维拉*用他熊一般的耐心

在画作中寻找森林中的翡翠,

或者胭脂红,那鲜血中突然盛开的花朵,

把世界的光芒都捕捉到你的肖像中。

他描绘了你威严的鼻子,

你狂野瞳孔中的电光闪烁,

你那激起月亮嫉妒的指甲,

以及你夏日肌肤上的西瓜瓤般的红唇。

他给你加上了两坐火山头颅,

熊熊燃烧着,因为爱情,也因阿劳卡尼亚*之血统,

---

* 迭戈·里维拉,1886—1957,墨西哥著名画家,以促进墨西哥壁画复兴运动而闻名。

* 阿劳卡尼亚,现为智利从北到南的第 12 个大区。

而对黏土上的你的两个金色面孔,
他用一顶野火之盔把它包裹。
就在那里,我的双眼秘密地为你的秀发
——那高耸的塔楼而沦陷。

77.

今天就是今天,背负着逝去的昨天,
身上插着明天的羽翼,
今天是海的南方,水的老年,
崭新的一天在今天构建。
已经耗尽一日的花瓣聚集在你的嘴上,
高举着迎接光芒或者月亮,
昨天沿着阴暗的街道疾驰而至,
让我们记住它已逝的面庞。
今天、昨天和明天在前进中被我们吞食,
我们消耗一天仿佛吞噬一头母牛,
我们的牧群等待着它们无多的时日,
但在你的心里,时间撒下了面粉,

我的爱用特木科*的土建造了一个炉子：
你是我灵魂每天的面包。

---

* 特木科，阿劳卡尼亚的首府。

78.

我不再拥有,也没有永恒。

在沙滩上,胜利留下了他迷茫的脚印。

我是一个愿意去爱同类的可怜人。

我不知道你是谁。我爱你。我不给予,也不兜售荆棘。

也许有人知道,我从未编织染血花冠,

我曾与嘲笑战斗,

也曾让我的灵魂涨潮。

我用鸽子回报丑恶。

我从未改变,无论昨日、今天还是明天。

以我漂泊的爱的名义,我宣示纯洁。

死亡只不过是块遗忘的石头。

我爱你,我在你的口中亲吻喜悦。

让我们拾薪捡柴,在山上生起篝火。

79.

在夜里,我的爱人,将你的心系于我的心上,

让它们在梦中击败黑暗,

像一个双面鼓在森林中战斗,

对抗潮湿叶子堆造的厚墙。

夜行的旅程,梦中的黑色火焰

截断地球上葡萄的细线,

准时得像一列疯狂的火车,

不停地拖拽着冰凉的阴影和石块。

所以啊,我的爱人,请把我与你的忠贞相系,

它以水中天鹅的羽翼轻敲你的心灵,

好让我们的梦回答空中繁星点点的问题,

仿佛用它唯一的钥匙,

打开那唯一的、被阴影所关的门。

80.

我的爱人,我带着痛苦从旅途归来,
回到了你的声音,你手中飞舞的吉他,
回到了用吻打断秋天的火焰,
回到了天空里夜的循环。
我为天下人祈求面包和统治权,
为那些可怜的农夫祈求土地,
谁也别指望我的热血或歌声停战。
但是我不能放弃你的爱,除非死亡到来。
所以啊,就弹一曲安详月夜里的华尔兹吧,
让吉他的流水里奏起船歌,
直到我的头颅沉入梦境:
只因我已用生命里所有的无眠
织就了这繁茂的林间,

你的手驻留、飞舞其间,
守护着酣睡旅人的黑夜。

81.

如今你已是我的,在我的梦中倚梦而眠吧。
爱情,痛苦,辛劳,现在都应入睡。
夜晚在隐形的轮轴上旋转,
而你在我身边纯净如沉睡的琥珀。
亲爱的,再没有人会与我的梦一同安睡。
你将出发,我们一同穿越时间的波澜。
再没有人会与我一同徜徉于黑暗之中,
除了你,永生花,永恒的太阳,永恒的月亮。
你的手已经张开了那纤细的拳头,
轻柔地落下没有方向的手势,
你的双眼紧闭如两片灰色的羽翼,
而我任由你带来的水流将我带走:
夜晚、世界、风都在编织它们的命运,
而我没有了你,只是你的一场梦。

82.

我的爱人,当我们关闭这扇夜晚之门,
我请求你,亲爱的,随我在黑暗中旅行:
阖上你的梦,带着你的天空进入我的眼中,
在我的血液中流淌,仿佛一条宽阔的河流。
再见,再见,一条条落入旧日口袋的残酷光亮,
再见了,每一道钟声或橙子的光芒,
欢迎啊,影子,我那间歇闪烁着的朋友!
在这艘船、水、死亡或新生命中,
我们再度结合,沉睡,复活,
我们是血色夜晚里的伴侣。
我不知道谁生谁死,谁在歇息谁正清醒,
但我知道是你的心,
将黎明的恩典赐予我的胸膛。

83.

我的爱人,真好啊,在夜晚感受你近在咫尺,
这夜晚在你的梦中,无影而深沉,
而我解开我的烦恼,
仿佛解开纷乱的渔网。
你的心在梦境里自由游荡,
你的身躯呼吸着,看不见我却把我寻觅,
你补全了我的梦,
仿佛一株植物拥有了它的阴影。
昂首挺胸吧,你将经历明天,
但在那夜晚的无形边界
和你们所处的存在与虚无之间,
生命之光里有东西正离我们愈来愈近,
仿佛暗影之印用火焰来昭示它的秘密生灵。

84.

我的爱人啊,白昼的天网再一次给
辛劳、车轮、烈火、嘶息和离别画上句号,
我们把正午从阳光和大地中收获的
摇曳麦浪献给了夜晚。
只剩月亮在它纯净的纸上
托起夜幕河口的天柱,
房间里铺上了悠悠金光,
你的双手为这夜晚而准备操劳。
啊,爱情!啊,夜晚!
啊,这被暗黑夜空里无尽天河封锁了的苍穹,
星星如葡萄般汹涌地凸显而又隐没,
甚至连我们也只是一个黑暗的空间,
天穹灰烬飘落的一个酒杯,
悠长河流之脉里的一个水滴。

85.

模糊的雾气从海洋向街道流淌,

仿佛严寒里公牛呼出的热气,

悠长如巨舌般的河流愈涨愈高,

盖过了本该予我们带来天堂生活的月份。

提前而至的秋天,树叶如蜂巢般呼啸,

当你的旗帜在城镇上猎猎飘扬,

女人们痴狂高歌为河流送行,

马儿们朝着巴塔哥尼亚嘶鸣欢唱。

一株爬山虎附在你薄暮的脸庞,

它被爱所驱使,静静地生长,

直至天空发出铁蹄般的脆响。

我俯身在你夜间身体的火焰上,

我爱的不仅是你的乳房,

还有在薄雾里挥洒血色的秋日晚霞。

86.

啊，南十字星，啊，散发芬芳的三叶草，

仅仅用了四个吻，

你的美丽今天就穿透了阴影和我的帽子：

一轮圆月在寒冷中升起。

然后，随着我的爱和我的爱人，

啊，霜蓝的钻石，镜般澄净的天空，

你出现了，夜空被你那四个酒香震颤的酒窖而填满。

啊，光洁纯净的鱼鳞般闪耀的银光，

绿色的十字，辉煌阴影中的欧芹，

被束缚在夜幕里的萤火虫，

到我这里来歇息吧，让我们闭上眼睛。

让我们和人间的夜共眠，一分钟就好。

在我身上点亮你星辉灿烂的四个数字。

87.

海上的三只鸟,如三道光芒或是三把剪刀,

划过寒冷的天空飞向安托法加斯塔*,

连空气都变得颤抖不已,

所有的一切都瑟瑟发抖,仿佛受了伤的旗帜。

孤独啊,请给我你无尽起源的信号,

残酷的鸟儿们艰难前行的道路,

以及比蜜糖、音乐、大海、诞生都要来得早的悸动。

(孤独顶着永恒的面庞,

仿佛一朵无尽蔓延的静穆之花,

天幕里一切鸟群被悉数覆盖。)

群岛海边的鸟儿挥动冰冷的翅膀,

---

* 安托法加斯塔,智利北部著名海港,濒临太平洋。

朝着智利西北的沙滩飞去。
夜晚也锁上了它的湛蓝之门。

88.

三月回归,带着混沌的光芒,

巨大的鱼儿在天空滑翔,

地上的薄雾悄悄前进,

世间万物静静地隐入苍茫。

在这流浪空气的危机中,

幸好有你将海洋与火焰的生命,

冬日里船只的灰色航迹,

还有爱情赋予吉他的形态重新聚集。

爱情啊,你是被美人鱼和泡沫打湿的玫瑰,

舞动并攀登着无形阶梯的火焰,

唤醒失眠隧道里的血液,

让波浪在天空中消散无尽,

海洋忘记了它的财富和雄狮,

世界坠入黑暗的网络。

89.

当我去世时,我希望你的手盖着我的眼,
希望那双历经光芒和麦穗的可爱的手
再度用清新轻抚我的脸,
感受那改写了我的命运的温柔。
我希望你在我沉睡着等待你时继续生活,
希望你的耳朵继续听到风声,
闻到我们共同热爱的海的香气,
继续在我们曾踏过的沙滩上漫步。
我希望我所爱的一切依然活着,
我爱过你,为你歌颂过世间万物,
所以啊,请你继续绽放、如花盛开,
追逐我的爱为你所做的一切安排,
让我的影子在你的发梢中徘徊,
让全世界明白我为何歌唱。

90.

我曾想过死，感受到冷寒降临，
而我所经历的一切只留给了你：
你的嘴唇是我在人间的白昼和黑夜，
你的肌肤是我吻印的共和国。
就在那一瞬间，
日积月累的书籍、友谊、财富都将结束，
你我共同建造的透明爱巢也消失无迹：
一切都不复存在，只剩下你的眼睛。
因为当生活向我们肆虐时，
爱情只是一朵浪花在浪潮之巅，
但是当死神敲响门扉，
只有你的目光来填补空虚，
只有你的明亮能将虚无摒退，
只有你的爱能把阴影遮蔽。

91.

岁月如细雨把我们笼罩，
时光绵延而又枯燥，
一片咸盐之羽轻触你的面庞，
一滴水滴腐蚀了我的衣裳。
时光一视同仁，无论是我的
还是你那飞切橙子的双手。
生活被雪花和锄头所刺痛，
你的生命即是我的生命。
我那赋予你的生命载满了岁月，
沉甸甸的，仿佛一串果实。
那串上的葡萄终将回归大地。
而在地下深处，时间仍然存在，
等待着，把雨点打向尘埃，
渴望把一切抹去，直至重归虚无。

92.

亲爱的,如果我死而你尚在人世,
不要让痛苦再扩展它的疆域。
亲爱的,如果你死而我尚在人世,
没有什么比我们经历过的更加广阔。
麦田中的尘埃,沙滩上的沙砾,
时间,流动的水,徜徉的风,
像漂浮的谷物一样将我们带走。
我们在时间中本可不相遇。
我们相遇于这片草原,
哦,微小的无限!我们如今把它归还。
但这份爱,亲爱的,还未结束,
它不曾有起点,
也自然没有终点,它如一条长河,
只是改变了土地和双唇。

93.

假如有一天你的胸口停止跳动,

假如有什么东西不再在你的血管里奔涌燃烧,

假如你的声音离开嘴巴而无言,

假如你的双手忘记飞翔而安眠,

玛蒂尔德,我的爱人,让你的嘴唇微微张开,

因为那最后的吻必须与我同在,

它必须永远静止在你的口中,

这样它也能为我的死亡做伴。

当我离开时,我要亲吻着你冰冷而疯狂的嘴唇,

拥抱着你凋零的身体,

寻觅着你紧闭双眼中的光芒。

当大地接受我们的拥抱,

你我将混沌前行于同一个死亡,

在一个吻的永恒中无尽永生。

94.

假如我死了,请你为了我以纯粹的力量活下去,
让苍白和寒冷的愤怒被唤醒,
从南方到南方,请抬起你那永恒的目光,
从日出到日落,愿你琴弦般动听的声音永远回响。
我不希望你的笑容或步伐有所动摇,
我不希望我的快乐遗产走向消亡,
不要朝我的胸膛呼唤,因为我已离开。
请你住进我的离开,把它当成房子一般对待。
这离开的房子是如此宽敞,
你将穿越墙壁把它丈量,
然后在空中为它挂上画作。
离开这座房子是那么透明,
哪怕我已死去,也会看着你生活,
倘若你受苦,我的爱人,我会再次死去。

95.

有谁曾像我们一样相爱?
让我们去追寻那燃烧之心的古老灰烬,
让我们的吻一个接一个地落下,
直到那无主的花儿再度复活。
让我们热爱爱情,它曾毁灭果实,
也曾带着威严和力量在世间降临。
你和我是一道永续的光,
带着它坚不可摧的精致麦芒。
至于那被漫漫严寒、春之雪花
和秋之遗忘埋葬了的爱情,
让我们将新苹果般的光芒靠近,
洋溢着清新绽放自它的新伤,
仿佛那在安葬嘴唇的永恒里
默默行走的古老爱情。

96.

我在想,你爱过我的这个时代,

将会被另一个蔚蓝时代所取代,

它是相同骨架上的另一层肌肤,

是将目睹春天降临的另一双眼。

所有这个时代里的人,

那些抽着烟交谈的人,

所有的政府、小贩和路人,

都将不再在那个舞台上活动。

那些戴着眼镜的残酷神明,

端着书本的毛茸茸的食肉动物,

还有蚜虫和帕塞罗*之徒也将离去。

---

* 指里卡多-帕塞罗,1925—2009,乌拉圭诗人兼外交官,被认为是聂鲁达等左派知识分子的敌人。

当世界将一切都洗净,

新的眼睛将在水中诞生,

麦田也将成长,不带一滴眼泪。

97.

在这个时代,我们必须飞翔,但要飞向何方?
没有翅膀,没有飞机,毫不犹豫地飞翔。
脚步早已过时得毫无悬念,
旅人的脚从未抬离过地面。
我们必须时刻飞翔,像鹰、苍蝇和白昼一样,
我们必须征服土星之眼,
让新的钟声在那里回响。
鞋子和道路已不再足够,
大地对于流浪者已无用处,
根系也已穿越了黑夜,
而你终将化成一株虞美人,
出现在瞬息万变的另一个星球。

98.

这个词语,

这张一只手千百遍书写过的纸,

它在你身上无法停留,对梦想毫无用处,

它飘落在大地,在那里继续。

光芒或赞美从杯中溢出流淌,

或者因为酒在杯中难抑的颤动,

或者让你的嘴唇染成紫褐色,

一切都已无关紧要。

迟来的音节已不再渴望

我那回忆暗礁里徘徊的惊涛骇浪,

只想写下你的名字。

尽管我的爱情阴郁无声,

春天终会将它娓娓道来。

99.

别的日子将会来临,

人们会理解植物和行星的寂静,

多少纯粹的事物将会发生!

小提琴将散发月亮的芬芳!

面包也许会如你一样:

拥有你的声音,麦子一般的品质,

而另一些东西——比如秋日迷途的马儿

——也将用你的声音说话。

即使并非全如命运安排,

爱情仍将把巨桶填满,

仿佛牧羊人的古老蜂蜜,

而你则在我的心灵尘埃里

(那里储藏有很多丰盛的东西),

在那瓜果之间穿梭往来。

100.

在一片土壤中央,
我将拨开翡翠来把你欣赏,
而你将用一支水笔
在纸上把麦穗誊描。
好美的世界啊!长得好深的欧芹!
好一艘在蜜海里航行的小船!
或者你我都会成为一块黄玉。
钟声之间不再有彼此分歧,
一切尽是自由的气息,
风儿吹来了苹果,
枝丫上长出鲜美的书籍,
而在那康乃馨呼吸的地方,
我们将缝制一件衣裳,
一直穿到如胜利之吻般天荒地老。

出品人：许　永
出版统筹：林园林
责任编辑：姚银华
封面设计：刘晓昕
内文制作：万　雪
印制总监：蒋　波
发行总监：田峰峥

投稿信箱：cmsdbj@163.com
发　　行：北京创美汇品图书有限公司
发行热线：010-59799930